KB078777

바람 잡고 춤을 추다

바람 잡고 춤을 추다

김소정 지음

좋은땅

서문

흘러가 버린 세월을 뒤돌아보며

바람도 쉬고

파도도 쉬어

잔잔한

바다 위에서

멈춰 있는 듯하지만,

흘러가 가 버린 바닷물처럼

어느새 老人이 되어

저~ 만치

바다 끝이 보이는 듯한데

그동안 겪어 온 일들이

바다 위에서 再演(재연)된다

어린 아이가 춤을 춘다

비를 맞고 슬퍼할 때도 있고
눈보라에 추울 때도 있고
성난 파도가 무서울 때도 있었지만
天地萬物이 바라보고 있음에
모진 苦難을 이겨 내고

저 평온한 바다 위에 서 있는
너는 지금
여기에
왜?
서 있는지를
알아가고 있음에
슬퍼하지 않고
가슴속에 따뜻한 마음이 흘러나와
이 평온한 바다에 안긴 너를 사랑하노라

목차

새벽 눈 내린 곳을 바라보며

새벽 창문을 여니
뜰 벚나무 밤새 무명옷으로 갈아입고
온 들판은 흰 빛으로 가득한데
달도
별도
바람도 모두 잠든 밤에

아무도 방해하는 이 없어
마음 놓고 내렸나 보구나

새벽 검푸름 속에 설경은 더욱 눈부신데
날이 밝아 해가 떠오르면
눈물로 변해 흐르겠지,

이 ~
아름다운 설경도 물로 변해
흔적 없이 사라지듯

우리네 인생도 한바탕 연극이 끝나고 나면
한 줌 흙으로 돌아가는 것을……

백일홍꽃과 호랑나비

가을바람에

백일홍 꽃향기 날리며 한들거리니

오색찬란한 호랑나비

아름다움에 이끌려 내려 앉으려 하네

요리조리 날며 주위를 살피니

백일홍 꽃 한들거리며

어서 앉으라 손짓하네

호랑나비는 꽃 위에 앉자

입은

꽃술 속 깊이 넣어

입맞춤하고

멋진 날개로 꽃잎 살며시 어루만져 주네

저 황홀한 사랑

얼마나 갈까

곧 날아가리라

잠깐에 사랑은 내년을 위한

예쁜 꽃씨 품으리라

고향의 사계절

알싸한 봄바람
골짜기로 불어 들어오면
붉은 복사꽃 만발하여 향기 풍기는데,

잠자던 꿀벌들 달려와
입맞춤하기 바쁘네,

복사꽃 향기가 실어 온
고향 그리움이 지나고 나면

산 중턱 언덕 밭에서는
보리가 누렇게 익어
바람 타고 춤을 춘다

보리 밟고 올라서서
같이 춤을 출 것 같았던
그 옛날 어린 소녀가 보고 싶어
마음은 또 고향으로 달려간다

한 여름날 개울가에 검정 고무신 벗어 놓고
물놀이하다
신으려면 뜨거워서 팔짝팔짝 뛰며
소리쳐 웃던 소리가
골짜기로 메아리쳐 울려 퍼진다

지금도 가끔 그 소리가 들리는 것 같아
고향 쪽을 바라본다

조석으로 서늘한 바람 불면
뜰 밤나무에 달린
밤송이가
방긋 웃으면
알밤 떨어트리고

푸른 나뭇잎은
알록달록 예쁜 옷 갈아입고
가을바람에 살랑거린다

이별을 알리는 까닭이었을까
알키한 마음에 쓸쓸해
하던 그 소녀는
지금 어디쯤에 있을까

겨울 찬바람 골짜기로 휘몰아쳐 지나간
자리에는 백설을 남기도,

초가집 처마 밑으로 고드름 달리면
겨울은 한참 깊어진다

고향 산천은 지금도 변함이 없는데,

그 소녀는 백발이 되어
지난날
그~
무엇 하나
소중하지 않은 것을 알아가며
저녁노을 쪽을 향해 걸어간다

인생은 바람이런가

그리 미워하지 마라
그리 원망하지 마라
그리 괴로워하지 마라
그리 서러워하지도 마라

모든 것은
바람 타고 왔음이요
바람이 내려 준 곳인데
바람 잡고
이곳이
싫다고 말하고 싶지만

바람 또한
정착지 알 수 없어
가다가다 흔적 없이 사라질 것인데

흐린 날

하늘이
산봉우리에
침울하게 앉아 있는 것은
무슨 슬픈 일이 있는 걸까
곧 눈물이 흐를 듯한데

조그마한 곤충들마저 모두
숨어 버려 적막하고
바람에 나뭇잎만
살그락거리는 소리뿐인데

그대는 시리도록 외로운 마음 안고
그 무엇을 바라보는가?

찬바람만이 빈 산을 휘돌아 가는데,

침울한 하늘은
어둠이 내려와 감싸 안으려 하지만

이 시린

마음은

마음은

어디에 담아 놓아야 할까

해돋이

새벽
검푸름 속에 바다는
잠이 덜 깬 듯 잔잔하고
모래 위 수많은
발자국은
파도에 휩쓸려 가 버리고
고요함만이,

저~멀리 바다 끝에서
해님
일어나려 하시는가
하늘을 붉게 물들인다

해님이 일어나면
어두운 세상 빛으로 가득 채우고
파도도 깨어나
힘차게 모래 알을 깨우리라
"아~~갈매기도 날아와 아침을 준비하네"

붉은빛으로 우뚝 솟아올라
세상을 밝게 비추며
모든 사물을 깨운다

붉고 힘차게 떠오르신 님이시여
당신은 지칠 줄도 모르시고
항상 밝고 힘찬 모습만 보여 주는데,

어찌 당신에 힘을 빌려
열심히
살지 아니할 수 있겠습니까
오~
웅장한 님이시여
당신을 사랑합니다

알 수 없는 마음이어라 1

겨울 찬바람에
갈대 이삭이 끝없이 흔들리는 것처럼
지금 내 마음은 바람에
휘적이는데

그 바람은 어디서 어떻게 불어 왔는지
알 수 없이 마음에 파고 들어와 흔들어대니
나는 내 가슴속에 휘날리는 이 바람을
좀처럼 잠재우기가 힘겨워

포도주 한 잔으로 마음을
잠재우려 하지만,

웬일인지
마음은
더~ 깊은 곳으로
더~ 깊은 곳으로
가라앉는데

거울에 비친 내 모습 바라보니
맑은 눈은 슬픈 눈동자로 변하여 있고.

그래도 얼굴빛은 밝아야 한다고 하니
입가엔 미소 띠고 있지만

가슴속엔 슬픔이 끝없이 끝없이 스며들어
눈물이 흐르고,

마음 둘 곳 없어 서성이는 이 마음을
어떻게 달래 줘야 하나
이제
그만
이 마음에서 벗어나야만 하는데

한 해를 보내며

강물 일렁이며 북쪽으로 바람 부니
남쪽으로 흐르는 물이
북쪽으로 흐르는 듯한데

흐르지 않는 듯
하면서도 흘러가는 저 강물처럼
또 한 해는 저물어 가는데

강가에 두루미 한 마리
외발로 서서
그~~
무엇을 생각하나

청둥오리
나란히 강바람 뚫고 어디로 날아가는가

서쪽으로 지는 붉은 해는
눈부시고

흰 구름 덩달아 붉게 물들여

함께 떠나려 하는데

별들

하나

둘 따라 나와

잘 가라 인사하네

이름 모를 작은 새가 울다

초겨울 찬바람 싸늘한데
앙상한 나뭇가지에 앉아 있는
이름 모를 작은 새가 슬피 운다

왜
그리
애달피 우느냐?
어미를 잃었더냐?
배가 고프더냐?
산과 들은 누런 나뭇잎들 뒹굴고
검은 구름 밑으로 스며드는 바람은
스산하기만 한데,

찬 기운
속으로 들리는
애절한 네 울은 소리에
내 마음 더욱 둘 곳 없어라

비에 떨어진 벚꽃잎

새벽
빗소리에
창문을 여니
벚꽃잎 땅에 가득히 떨어져
붉게 물들였네,

지나가는 老人도 네 모습
아쉬운 듯 지나가지
못하고 바라보고 서 있는데,

너에
찬란했던 시간도
지나가는구나

그러나
푸른 잎 무성해질 날이 남아 있으니
너무 서러워하지 마라

눈 내리는 날

검은 구름은
산 밑으로 내려와 앉아 있고
스산한 찬바람 불어드니

하얀 눈이
바람 타고 내려오네
산과 들에 떨어진

낙엽
갈 곳 잃어 뒹구는데

하얀 눈이
소복이 덮어 주니 멈추네

내 마음 깊은 곳도
시리고 메마른데,

저~~ 눈부신 은빛 이불 덮고

잠들고 싶어라

진달래꽃

동산에 오르니
지난가을에 떨어진 낙엽
가득한 갈잎 속에서,

살포시 피어난 분홍빛 진달래꽃
산속 궁금하여 빨리 눈을
떴나 보구나

아직
산속 바람 쌀쌀하고
숲속 친구들 아직 잠이 덜 깨어 있는 듯한데,

봄을 알리는 너를 보니
예쁘기도 하고
반가운 마음 그지없어라,

여린 꽃잎 바람에 떨어질 것만 같은데
바람도

네가 예뻐

스치고 싶었나 보구나

그리운 고향 내음

몇십 년이
흐른 그~~ 옛날
어린 나이에 객지에 나왔다가
한 번씩
고향 가는 버스에 올라 달려간다

신작로길 뿌연 먼지바람에 날려
길가 나뭇잎 흙먼지 내려앉아
힘겹게 흔들리고,

돌과
움푹 패인 흙길을 달려
고향 어귀에 내리면

그 뭐랄까
보이지도 않고
잡을 수도 없는데
나를 끌어안아 주는 듯한

그~ 포근한 향내음

그리고
바람 타고 전해지는
그 맑은 공기는
몸과 마음이 날 것 같은 가벼운
거름으로
골짜기 마을 입구로 들어서면

보이는 것은
오직
흙길과, 시냇물, 돌, 산 푸르름만 보이는
오솔길을 걸으면

움추린
어깨가 쭉~~욱 펴지면서
가슴속에 뭉쳐 있던 숨을 몰아 내쉬었다
한 번씩

막힌 숨을 내쉬었던
그~ 곳은
언제부턴가
멀어져 갔다

세월이 많이 흐른 지금은
한 번씩 꿈속에서

그~~ 서늘하고
알싸한 마음으로
고향 마을 초입에 서서
서성거리는 꿈을 꾼다

소주 한 잔

소주 한 잔 마시고 얼굴 붉어졌는데
내 마음도
붉은 홍색일까?

감나무에 빨갛게
달려 있는
내 마음,

한 잔 술 마시고
세상 쳐다보니
푸른 나뭇잎 더욱더 싱그러운데
살랑대는 바람결이
내 마음 잠을 재우네

떠도는 마음이어라

허공을 떠도는 마음은
쎄한 바람을 타고
저 산을
넘어 넘어가지만
멈출 자리 없어

돌아서서 또 산을 넘고
물을 건너
되돌아오지만,

여전히
외롭고
쓸쓸한 마음 둘 곳 없어라,

이 연기처럼 떠도는 마음을 어떻게 하나?

산다는 것이
어디서 왔는지

또 어디로 갈지 모르듯
마음 또한 그러한 것이려나

오라버니

겨울 찬바람 속에 묻혀 날아온
오라버니는 옛 추억을 들고 오셨네요,

찬바람 부는 날
오라버니를 따라
뒷동산으로 올라갑니다

굽이굽이 산 정상에 오르면
오라버니는 흰 눈 속에 묻혀 있는
고목을 잡아 올려 가지를 다듬고,

칡 끈을 만들어
어린 소녀가 끌고 갈 수 있게
손잡이를 만들어 주지요,

오라버니는
제일 큰 나무를 끌고도
그 겨울바람

시리기만 한데도,

이마에서는
땀이 흘렀습니다.

그렇게 그해 겨울 방학을 보내고 나니
나무는 마당에 높이 높이 쌓여 있었지요.

그때
그렇게 쌓여 있던 행복은
지금은
어디쯤에 멈춰 있을까요

黃昏 황혼

아~~
먹구름이 벗겨진 푸른 하늘이여
온 산과 들은 푸름으로 가득하고
장미에 계절이라

장미꽃들 붉게 피어
향기 풍기며 벌들 유혹하는
싱그러운 여름이여

세월은
또~
길 위에서 흘러간다
가 버린 세월
어찌 할 수 없음인데

서쪽으로 기우는
나의 몸 일으켜
두 팔 벌려 황혼을 끌어안으리라

붉은 노을
한 아름 안고

아름다운 노인이 되어
흙으로 돌아가는 길 위에 서서

장미꽃잎 바람에 떨어지는 날
같이 걸어가고 싶어라

구름 되어 날고 싶어라

흰 구름아
파란 하늘에서
자유로이 그림 그리며 떠다니는
너희들을 바라보며,

나도 파란 마음에 그림 그려 본다
지금은 너희들
곁으로 갈 수 없지만,

이 몸 솜처럼
가벼워지는 날,

너희들 동무 되어
푸르름 끝없이 펼쳐진 하늘에서
자유로이 그림 그리리라

새벽에 새 한 마리가

이름 모를
작은 새야
아직 새벽 어둠이
돌아가지도 않았는데
너는 어디서 자고
그리 일찍 날아와

그 누구를 찾아
소리치며 부르는 것이더냐?
동무들을 불러 모으는 것이더냐?

네 소리에
새벽 고요함도 돌아가고

꿈속에 있던
들꽃봉오리들도
놀라 눈을 뜬다

비 내리는 날 비둘기 한 쌍이

빗방울이 투둑투둑 떨어지더니
곧 소나기로 변해 세차게 내린다
지나가던 비둘기 한 쌍이
뜰 벚나무 가지로
빗줄기를 피해 내려앉는다,

나란히 앉자
서로 얼굴을 마주 보고
깃털을 다듬어 주며
서로 부리를 비비는 것은
입맞춤
하는 것일까

속삭이는 듯
입맞춤 하는 듯
다정하기 그지없어라

비는 세차게 내려 서늘한 기운 가득한데

푸른 나뭇가지 위에는

벚꽃이 피어 있는 듯

분홍빛으로 물드네

장마

비야?
지금 너무 많이 내려
이곳저곳에 물이 넘쳐 쓸려 가는데
멈출 수가 없는 것이더냐

비 너도 싸인 것이 많아
한 번씩
쏟아 내야 하더냐

나도 속이
터질 것만 같아
소리치고 싶지만,

메아리쳐
돌아올 것만 같아
터지는 가슴 안고
그냥 견디며 살려니
답답한 마음 달랠 길 없는데

비 너는 토해 내고 나면

햇빛과

바람이

다가와서 달래 주면

티끌 하나 없이 깨끗해져서

푸른 하늘에 안겨 있더라

비 내리는 날 벗을 생각하며

비 편에 그대
소식 묻노니
잘 계시는가?

빗길 타고
다녀가라 하고 싶지만

그대
마음이 어떨까 몰라
헤아려 보지만,

벗 얼굴이
빗속에 어른거린다

세찬 빗방울 소리는
그대 발자국
소리인가 싶어
밖을 자꾸 내다본다네

낙엽

뜰 벚나무에 갈 바람 다가와
나뭇가지 흔들며 지나간 자리에는
노란 단풍잎
떨어져
바람 뒤따라가고,

빨강 단풍잎도 노래 부르며 따르네
너희가 멈출 자리는
흙 속일 것인데
곧 멈춤에 이르겠구나

나도 언젠가는
이 외롭고 힘든 삶이
흙 속에서 멈추겠지

보랏빛 도라지꽃

고향 뒷동산에 피었던
보랏빛 도라지꽃
푸른 숲속에
둘러싸인 네 모습은
유난히 더 고와 보였는데

지금도 뒷동산에 피어 있는지?
세월이 많이 흘렀어도
네 아름다운 모습은
지금도 변함이 없겠지!

그때 그 소녀는
머리는 흰색으로 변하여
동산
산소 옆에 피어 있던
할미꽃을 많이 닮아 있는데,

더운 여름날 만발한 들꽃들을
고사리손으로 가득 꺾어 들고,

집 마당으로 뛰어 들어가던
그 소녀가
보고 싶어라

故鄕을 그리워하며

스산한
갈 바람이
고향 쪽으로 달려가기에
나도
바람 타고 가고 싶은데
바람은 싫다 하며
괜히 나뭇잎만
툭툭 치며 가 버린다

때마침 구름도
바람 뒤따라가기에
구름 타고
고향 뜰 휘돌아 오고 싶은데
구름도 싫다며
둥 둥 둥 가 버린다

바람 구름이 가 버린 자리에
홀로 서서

고향 쪽을 바라보니

가슴속에

보슬비 쉼 없이 흘러내린다

추석날 밤 보름달을 바라보며

뜰 벚나무 가지에
보름달이 앉아 있네

너도 외로워 나뭇잎 벗 삼아
이야기
나누고 있느냐?

달 아래
홀로 서서
고향 쪽을 바라보니
그리움과
아쉬움만이 가득한데,

서늘한
밤바람만이
내 몸을 휘돌아 가네

아카시아 꽃향기

바람 타고
날아온 아카시아 꽃향기는,

어릴 적
같이 놀던 친구들 데리고 왔네,

향기는 추억으로 변하고
추억은 그리움으로 변해,

마음은 고향으로
가려 하나

아련하고
서늘한 마음을
아카시아 꽃향기에 실어
보내 본다

찔레꽃

은은한 향기 풍기며 피어난 찔레꽃
벌이 먼저 달려와 입맞춤하네,

고향 언덕에도
피어 있겠지
골짜기 도랑물 흐르는
그~ 곳에도

찔레꽃 향기에 섞여 날아온
아련한 고향 그리움에,

가고 싶고
보고 싶은
마음을
찔레꽃 향기로 달래 본다

유월에 비

푸르름이 완성한 유월
어느 날
해님
보이지 않고
검은 구름만 가득한데,

추적추적 내리는 비
분홍 장미꽃잎 흘러내리게 하네

天地 서늘한 기운 가득한데
虛空을 떠도는,

잡히지도 볼 수도 없는
아련하게 밀려오는

알 수 없는 그리움은,

궂은 비 마음 타고 흘러내린다

연꽃

새벽
안개 속에서
살포시 피어난 모습 고귀하여라,

하얀 연꽃은 마치
파란 하늘에
흰 구름처럼 눈부시고,

붉은 연꽃은
동자승
볼처럼 예쁘구나

새벽안개 거치니
풀벌레 소리
요란하고
다소곳한 모습으로 활짝 피어나네,

연잎 위
방울방울 모여 있는 이슬은
마치 꿰지 않은 은구슬 같구나

복더위 긴긴 여름날에
곧은 자세로 뜨거운 햇살 마주하고도,

미소지으며 피어 있는
네 모습은 부처님을 닮았구나

학이 되고픈 참새 한 마리

참새 무리로 날아온 학이
아름다워
보고 또 보며 아름답다
했는데

참새가
학이 되고 싶어
깃털을 심었네
멀리서
볼 때는 학으로 보일지 모르지만
가까이서 보니
참새만도 못한 추한 모습만 드러나네,

내 어찌 당신을 탓하리오
당신을 거울삼아
내 몸을 더욱더 단장할 뿐이라오

가을이 오는 소리

땅을 달구던 복더위 뒷걸음치니
더운 기
빠진 솔바람 반가워라

가냘픈 코스모스 한들거리고
국화꽃 향기 날리며 피어나겠지

매미 울음소리 멀어져 가니
귀뚜라미
가을 오는 소리 알리며 울고

天地는 소리 없이 順理에 따라
흘러가련만

알 수 없이 요동치는
내 마음도

그대들을 닮고 싶어라

호수에 가을날

파란 하늘은
맑은 호수 안에
내려와 앉아 있고
흰 구름 덩달아 따라 내려와
살랑살랑 물놀이 하네,

호수 속 물고기 하늘을 나는 듯 자유롭고,

바위틈
고운 단풍잎
물속 궁금하여 살짝 얼굴 비추니
물결 일렁이며 비춘 모습 곱기도 하구나

파란 하늘
흰 구름
붉은 단풍잎
모두~ 아름답기 그지없는데

물가에 비춘

그대는 그 누구시던가?

밤비

지난밤
바람과 함께 짓궂게 내리던 비
내 마음도
흔들리는 나뭇잎처럼 요동을 쳤는데,

새벽 지나
아침 햇살 밝게 비추니
너는 흔적 없이 사라지고,

내 마음만이 요동을 치고 있구나!

나도 너와 같이
요동치는 마음 딱 멈추고,

저 밝은 하늘처럼 될 수는 없는 것인지

등산

추운 겨울날
산기슭 굽이굽이 오르는데,

매서운 바람이 얼굴을
힘껏 스치고 지나가니
따뜻한 햇볕은
나무 사이사이 비껴
비추며 따라오네

햇살 마주 보고 걸으며
심심하다
투정하니

나와 꼭 닮은 그림자 벗하라
만들어 주네,

앞서거니 뒤서거니
놀이하며 걷는 즐거운
산행이어라

코로나 19

잠시 머물다 떠날 줄
알았는데
무수한 나날로 머물고 있으니,

나라마다 큰 봉황들은 날개
힘껏 늘려
제국 지키려 몸부림을 친다

한 번 달래 주면(1차 접종) 떠날 줄
알았는데
두 번 달래도(2차 접종)
싫다 하니

세 번 달래 주면
떠나겠느냐

먹고 웃는 입을 모두 감추라
겁박하고 있으니,

슬픔은 끝없이 끝없이
퍼져 나간다

인생사 본래 喜 怒 哀 樂이라 했는데
哀 쪽으로 너무 기울고 있으니,

코로나 너에게 간절하고 간절하게
모든 마음 담아 전하노니,

빨리 樂으로 변해 주길 부탁하노라

바다

출렁이는 파도는
모래 위
수많은 발자국을 지우고,

저~~ 멀리 수평선
너머로 보이는 바닷물은
하늘과 입맞춤하네

흰 구름 좋다고 덩실덩실 춤추고,

물결 스치며 불어오는 바람은
바다 향기
가득 실어와 펼쳐 놓으니,

향기에 취해 버린 내 마음
바람 타고 하늘을 나네

그리움

들 바람이 세차게 불어왔다
지나가는 것처럼,

그리움도
갑자기 마음을 헤집고 들어와
한바탕
몸을 휩쓸고 지나가고 나면,

그리움은
아쉬움으로 변해
한참을
서성이게 한다

몸속에 他者들

마음속에는 깊은 웅덩이가 있는데
그~ 웅덩이 안에는
분노의 者
원망의 者
미움의 者
외로움 者이 살고 있다,

이 못된 놈들을
잡아 꺼내고 싶은데
아무리 잡으려고 몸부림쳐도
잡히지 않는다
웅덩이가 너무 깊어 꺼낼 수가
없는 걸까

아~ 그럼
새를 보내
물고 나오게 해 보자
나는 날개가 튼튼한 새를 보내

요놈들 물고 날아오게 보냈는데,

물면 쏙쏙 빠져나가 버려
잡을 수가 없다며
그냥 날아가 버렸다,

그럼 어떻게 하여야!
너희들을 끌어낼 수가 있단 말이냐,

안절부절못하며
깊은
웅덩이를 들여다보니,

쿵쾅쿵쾅하며
서로 싸우는 놈들을 보면서
불안한 마음에
또~ 서성거린다

어머니

어머니
어머니
홀연히 어머님
옛 모습 떠올라 불러 봅니다,

저녁 어둠이 내려 들길이
거뭇거뭇해질 때
어머님은
술동이를 머리에 이고,

골짜기 마을을 지나
논두렁길을 지나
오솔길을 따라
다른 동네 조그마한
주막에 술을 건네고,

돌아오는 길은 이미 밤이 깊어져서
캄캄하고 산짐승도 우는

그 무서웠을 밤길을
돌아오셨을 적에

얼굴은 파리하시고
시커먼 몸빼 바지는
이슬에 젖어
발목에 휘감겨 있고,

고무신 속에는 이슬에 채여 찌걱찌걱
발자국 소리 내시며,
무표정한 얼굴로 들어서시던 어머니,

어린 마음에 밤길이 얼마나 무서웠을까?
하는 생각만 할 수밖에 없었지요,

그 고통에 시간들이
지금은 따뜻한 등불이 되어

어머님을 지켜 드리는 오라버니와
동생들이 있어 참으로 다행스럽고,

감사한 마음을
고향으로 부는
바람 편에 실어 보내 봅니다

아픔 속에 멈춰 있는 너

겉모습은
늙어 옛 모습
찾을 길이 없는데,

내 속에 상처받은 너는
왜
변하지 않고 있느냐

멈춰 있으려면
가만히 숨죽이고 있지!
왜
한 번씩 요동을 치며
늙은 나를 잡아 흔들어 놓느냐

이젠 아무리 잡아끌어도
갈 수 없음을
너는 정녕 몰라
그런단 말이야

잘 가요

잘 가요
잘 가요
잘 가요

남자의
잘 가요
라는 아련한 말소리가
깊은 밤에
창밖에서 들려온다

여인과 헤어지면서
보이지 않을 때까지
손을 흔들며 인사를 하는 듯하다

그 애틋한
잘 가요 소리는,

환한

빛이 되어

그녀가 가는 길을

밝혀 주어 쓰리라

밤꽃 향기에 실어 오신 아버지

솔바람 타고
실어온 밤꽃 향기 속에서
홀연히 나타나신 아버지,

밤 알 양손에 가득 들고
"오늘도 손주 먹을 밤 주었다"
하시며 활짝 웃으시던 아버지,

그렇게 환하게
웃음 짓던 모습
몇 번이나 있었을까요

힘겹게 고생하시던
아버지
지금은 잔디 이불 덮으시고
편안하시려나,

보고 싶고

가련한 마음에

아버지 누워 계신 곳 가고 싶어라

한 번씩 꿈속에서는

민들레 무리 속에 살면서
한 번씩 꿈을 꾼다

그 꿈속에서는
푸른 초원 위에서
빛으로 둘러싸여

화난 웃음을 지으며 나타난
그 사람은

빛으로 가려져서 형체가 희미한데
가까이 다가가 손잡으려 하면

물거품처럼 사라진다

겉모습이
잡초를 닮았다 하여
어찌

마음까지도 그러하랴

마음은
밤하늘에
빛나는 별빛과 같다네

바람 風

바람아
너는 내 마음을 아느냐
이 요동치는 마음을,

손이 없어도 나뭇잎을 흔들고
고운 꽃잎도 땅으로 떨어지게
만드는 너의 힘,

바람아 너에게 부탁하노니
내 마음에 번뇌
모두 싫어
저~
흐르는 냇물에
흘려보내 줄 수는 없는지

만개한 벚꽃

만개한
벚나무 기둥을 끌어안고

너에 눈부시도록 아름다움을
뭐라고 말해야 할까?
하고 물으니,

“나는 벌들에 사랑을 좀 더 오래 받고 싶어요”
오~~~
그랬구나
나도 가냘프게
여린
연분홍빛
네 모습
좀 더 오래 보고 싶구나

바람에 떨어지는 벚꽃잎

만개한 벚꽃잎이
바람 타고
눈송이처럼 휘날리며
떨어진다

여린 꽃잎들 땅에 뒹굴며
어디로 흩어지려나

마당 귀퉁이에 모인
꽃잎들
뭐라고 속삭이는 듯하고,

벌들도 꽃잎 떨어지니
이리저리 날며 슬퍼하네,

나도 어여쁜 꽃잎
다 떨어짐을
한없이 한없이
아쉬워하노라

자부의 따뜻한 손길 잡고

자부의 따뜻한 손길 잡고
강릉으로 내려오니

끝없이 끝없이 넓은 바다는
나를 품어 안고

바닷물 일렁이며 불어오는
맑은 바람은

내 마음 잡아 올려
하늘을 날게 하네

雪景

순백색 옷으로 갈아입은
온산과 나무들,

백설은
하늘에 흰 구름 손잡을 듯하고,

바람은 흰
옷자락 휘날리듯 불어오네,

쪽빛처럼 파란 하늘도,

백설이 눈부시어
뭉게구름 뒤로 살짝 숨으니,

눈부신
백설도 잠시 눈을 감네,

저 멀리 붉게 비추는
저녁노을은,

어둠 데리러
산 아래로 내려가네

어둠

해는 지고
어둠 땅으로
내려앉으려 하는데,

새들도 여기저기서
소리치며 둥지로 돌아가고,

어둠 타고
불어오는 바람 시리기만 한데,

이 몸 어디쯤에서 서성이는가?

저 멀리 어둠 속으로
밀려오는
알 수 없는 그리움은 무엇일까?

만질 수도 없고
볼 수도 없는

이~~

아련함은

캄캄한 깊은 밤 속으로 묻힌다

눈 내리는 날

따뜻한 해님
어디로 갔는지
보이지 않고

하늘은 무거운 몸으로
산 위에 걸터
앉아 있는데,

허공으로 불어오는 바람은
멈추지 않고

앙상한 나뭇가지들
바람에 얼마나 시릴까

天地 모두가
어둡고 서늘한데
눈송이 포근히 내리니
온 땅은 백설에 묻히고

어두움 모두 은빛으로

물들였네

따뜻한 해님

입춘이

지난

다음 날에

창가에 앉아 있으니

매서운 바람은

벌써 가 버렸나,

뜰 벚나무 가지

흔드는 바람은 부드럽고

창문으로 비추며

들어오는 햇살은

따뜻하고 다정하기 그지없는데,

그~

누가 나를 이렇게 따뜻하고

부드럽게 안아 줄까

난 오늘 당신에 따뜻한 손길로
내 어깨를 감싸 안은
포근함을 보았습니다

당신
아래 서 있는
뜰 벚나무도
따뜻한 햇살 받으며
나뭇가지 살살 흔들며 좋다고 서 있어요

立春은 지나가는데

해는 져서 어둡고
검푸른 하늘에는
살며시 눈뜬달
미소 짓고

매서운 겨울바람
어디로
가 버렸나
소매 끝 속으로 파고드는 바람은
봄임을 알리는데

누가 가르치지도 앉았는데
톱이 바퀴처럼 돌아가는 나날이어라,

아무 말 없이 順理대로 돌아가는
自然에 어찌 恭敬하지 않을 수 있으랴,

당신에 힘을 빌려
참다운 사람으로 살아야 하는데

아름다운 女人에게

민들레 핀 들판에
장미꽃 씨
한 알 날아와,

바위 위에 살짝 걸터앉자
바위 밑에 살짝 뿌리 내리고,

아름답게 피어 향기 풍기는데
바람 불면 날아갈 것만 같아

가까이 다가가지 못했네

煩惱

그대는 무슨 번뇌를 그리하는가?
이 몸과 마음은
이미 정해져 있는데
그리고 老人에 길을 걸어가고 있는데,

그~~
조그마한 머리는
온 세상 고민
다 끌어안고,

아무리 恍惚한 생각도 나올 수 없음이요,

지난 過去 또한 나올 수 없음인데,

이것은 지극히
어리석음인 줄
알면서도

끄집어낼 수 없음에

안타까운 마음뿐

몸과 마음에 싸움을

갈라놓을 수 없는 걸까

알 수 없는 마음이어라 2

때론 고요하고
때론 요란하고
때론 뒤틀리고
때로는 때로는
눈앞에 천막이 올라간 듯 훤하고,

때론 암울하고
때론 옆자리가 천 리 같고
때론 먼 곳이 가까이에 있는 듯,

구름처럼 떠도는 마음 쉴 곳 없어라

내리는 눈을 바라보며

눈이 내리는데
바람이 이리저리 부니
내리는 눈은 갈피를 잡지 못하고
이리저리 날린다

그리운 누군가가
따뜻하게 손잡아 주길
기다리기라도 하는 듯,

땅에 내려앉기 싫어
공중으로 빙빙 돌지만
땅으로 내려앉을
수밖에 없는 너처럼,

우리네 삶도 그렇게
그러한
때가 있는데

오월에 장미

오월은 장미에 계절이라 했던가,

여기저기 붉게 피어
향기 풍기는데,

벌들 달려와
입맞춤하기 바쁘네,

들꽃들
장미꽃 부러워
고개 돌려 바라보며
흉내 내려 애를 써도,

장미가 될 수 없음을.

그대들은 정녕
모른단 말인가?

마음이 만들어 놓은 마당에서

인생은 내 마음이 만들어 놓은
마당 위에서 살아간다

마음이 어떤
마당을 만들어 놓았냐에 따라
삶은 그 위에서 춤을 춘다

아름다운 정원을 만들어 놓았으면
그 위에서 살 것이고,

험한 자갈밭을 만들어 놓았으면
그 위에서 살 것인데

그러나! 그러나!

마음 또한 마음대로
할 수 없음을
안타까워할 뿐이로다

봄

따뜻한 햇볕과
살랑대는 바람에 실려 오신
봄님이시여,

그동안 어디에 계시다가
지난봄하고
똑같은 모습으로 오셨나요?

또 얼마나 많은 변화의
그림을 그리실 건가요

고개 높이 들고
봄님 손끝에서 그려지는
나날이 펼쳐질
아름다움을 따라가
보렵니다

소낙비

검은 구름은 하늘을 무겁게 덮고,

굵은 빗줄기는 화가 난다
소리 내며 세차게 떨어진다

풀잎들 힘겨워 휘청이고,

새들도 다 날아가 소리 없는데

도랑물도 갑자기
누렇게 변해 숨 가쁘게
달려간다

가슴속에 묻혀 있던 너를 만나다

비 개인
아침 햇살은

파란 하늘에 흰 구름
더욱 희게 하고

살며시 부는 바람이 나뭇잎들 스치니
햇볕에 반짝이며 춤을 춘다

붉은 장미 만발하여
마음까지도 붉은 날에

가슴속 깊이 숨어 있던 네가
눈부신
햇살
아래로 살며시 얼굴을 내민다

그래 이게 얼마 만이냐?
그래
그~ 어둠 속에서 얼마나
힘들었느냐?

이제 내가 너에 손 꼭 잡고
놓지 않으리라,

老衰하여 나오게 해서 정말
미안하구나
남은 생은 좀 더
아름다운 빛으로 가득 채우고

바람이
손 잡으러 오는 날,

바람을 타고
높고 푸른 하늘을 훨훨 날아 보자구나

쓸쓸한 날이 찾아오면

쓸쓸한 날이 찾아오면
그~
쓸쓸함 속에서
나를 찾아 헤맨다

쪼그리고
앉아 있는 너를 본다
보기 싫어
얼굴을 돌리려 하지만
돌릴 수가 없음에 다가간다

그렇지만 할 말은 없다
그저 바라본다

그런데 말이야
너를 위해
귀를 열고 좋다는 말 다 들어 주고
즐겁게 해 주려 노력했고

춤도 춰 주면 즐거워라 노력했는데

갑자기 쓸쓸함이 찾아오면
너를 달래려 노력했던
모든 말들과 행동은
어디로 가 버리고
또
본연에 너만 남아 있구나
알 수 없이 밀려오는
이 쓸쓸함은
그~~ 무엇이란 말이냐

무더운 중복 날

푸른 하늘 끝없이 끝없이 높고
중 복날 햇볕 뜨겁게 뜨겁게
땅을 달구는데,

공허한 이 마음은
끝없이 높은
하늘을 닮았나.
이~~~
무더운 여름날
어디로 가려
몸부림을 치느냐,

서늘한 그늘에
마음잡아 앉혀 놓고 다독인다,

서늘한 그늘에 가만히
앉아 쉬면 안 되겠니?

가을이 지나가는 소리

가을바람
설렁거리며 자유로이 불고,

뜰 벚나무 오색 빛으로 물들고,

들판 벼 이삭 누렇게 익어 고개 숙이고,

파란 고추도 빨갛게 물들인다

자연은 무엇 하나 순리에 어긋남 없이

흐르지 않는 듯하면서도
흘러가는 저 강물처럼

머무를 곳을 찾아
소리 없이 지나간다

한밤에 소낙비

세상이
멈춘 듯한 고요한 밤에
투두둑 투두둑 떨어지는 비는
곧이어
땅을 치며 통곡하듯 내린다

너는 무슨 사연 있길래
고요한 밤을 뚫고 내려와
그토록
애달피 우느냐

하지만 넌
멈출 줄 알기에
가만히 멈춤을 기다려 본다

단풍잎

뜰 벚나무 푸른 잎 속에
숨어 있는

붉은 단풍잎 하나
가을이 오는 손길을 먼저 잡았네,

빨리
고운 옷 갈아입고
자유로이
가을바람에
날고 싶었나 보구나

가을바람

서늘한 바람은
싸늘한 바람으로 변해
나뭇잎 사르르 사르르
흔들리게 하고,

요란하게 울던 귀뚜라미 소리도
희미하게 들려오네

흐르는 냇물도
찬 기운으로 흘러가므로

온 들판
서늘한 기운 가득한데,

어둠도
바람 타고 내려와 앉으려 하네

창밖 풍경

창밖으로 보이는 하늘은
푸르름으로 가득하고,

뜰 벚나무
부드러운 햇살 받으며 잠이 들었나,

하늘도 푸르름으로 평온하고
벚나무
흔들림 없이 서 있으니,

내 마음도
그대들을 따라 평온하여라

가을 새벽

어스름 새벽에 창문을 여니
늦가을 찬바람이
몸을 휘감네,

뜰 벚나무
단풍잎은 춤을 추는 듯 살랑대고,

참새들은
단풍잎 보냄을 슬퍼하는 듯

짹짹거리며
벚나무 가지 오가네

초겨울 바람

지난밤 초겨울 바람 세차게 불더니

뜰 벚나무 잎들
바람에 시달렸는지
고개를 떨구고 있네,

벚나무 옆 푸른 소나무
꿋꿋하게
서 있는 모습 듬직하여라,

세상
살다 보면
세찬 바람에 휘둘릴 때

나도 저 소나무처럼
당당하고 싶어라

강 언덕에서

강물이
유유히 흐르는 강 언덕
푸른 소나무 가지 위에
한 마리
학 앉아 있네

고개 높이 들어
강 언저리 살피니

초겨울 바람에 강물 일렁이고

맑은 물속에는
송사리 떼 자유로이 오가고,

물오리 가족들 나들이 나왔나?
강물 위에 몸 실어 놓고
두둥실 물놀이하네,

잡새들 무리 지어 오가는데

내 무리는 다 어디에 있을까?

겨울날 노랑나비가

추운 겨울날 갈 때 속에서
노랑나비 한 마리가,

날려다
돌에 툭툭
부딪치고

또 날려다
나뭇가지에 걸려
날지 못하는 모습 가여워라,

따뜻한 봄날에 날아왔으면

향기로운 꽃들과
드넓은 하늘을
마음껏 날아다녔을 것을

이 추운 겨울날 웬일이냐?

계절을 몰랐더냐?

눈이 보이지 않았더냐?

겨울 산에 오르니

동산 마루에 올라가니
넓은 산은 나를 품어 안고

해님은
따듯한 햇살 비추며 따라오시네

인적 없는 산기슭이지만
산새들 소리치며 오가고

나무들 우뚝우뚝
서 있는 모습 듬직하여라

天地가 나를 보아 살핌에
내 마음
든든하고 평온하여라

흐린 날 등산

동산 마루에 올라가니
해님은
구름 뒤에 깊이 숨고
안개는
나뭇가지 끝에 앉아 있네,

새들도
길 잃을까 두려워
둥지 속에 숨었나,

산속은 고요하기만 한데,

겨울바람 생 하고 불어오니
가랑잎 살그락거리는 소리만이
적막을 깨는구나

벼랑 끝에서

높이 솟은 벼랑 끝으로 올라서서
널 밀어낸다
절벽 아래로 떨어지라고
그러나
갈 수 없다며 내 손 꼭 잡고 놓지 않는다,

어찌할 수 없이
그 험한 벼랑을 내려온다
몸은 시끄러운 세상 속에서
마음은 또 벼랑으로 가서
널 밀어 보지만,

또 달라붙는다
보이지 않는 너의 슬픈 소리가 메아리쳐
들어온다

어느 날
불현듯 바라보니

가엽고 불쌍한 마음 금할 길 없어

따뜻한 손길로 어루만져 주니
밝게 웃는 너를

이 따뜻함만이
너와 내가 살 길이였음을
왜
진작 알지 못했을까

나를 만나다

그 아련한 무엇인가를 찾아
뜬구름처럼 허공을 헤매며
무지개
빛처럼
빛나는
찬란함을 만나려
찾고 찾으려
그~~
많은 애를 썼는데

그리 찾아 헤매도
만날 수 없었던 님이시여

검은 구름 낮게 깔려
비 내리는
어느 날
홀연히 나타나신 님이시여

그 어디에 계셨던가요?

항상 당신 곁에 있었는데요

아~ 그랬었군요

가슴이 벅차오르도록 반갑습니다

오~ 사랑하는

나의 님이시여

요동치는 마음

마음은 뒹구는 가랑잎을 닮았나 봐
갈잎 바람에 뒤집히는 것처럼
어쩜 요래 뒤집히는 걸까,

몸과 마음이 서로 뒤엉켜
휩쓸려 흔들리더니

어스름 어둠이 찾아오고
보슬비도 어둠 타고 내려오니,

요동치던 마음이
가랑비 타고
캄캄한 밤 속으로 묻힌다

我

오~~~

사랑하는

님이시여

외로워하지 마세요

괴로워하지 마세요

슬퍼하지도 마세요

오직

당신만을 사랑하는

내가 있으니까요

흘러가는 세월

세월은 산골짜기에서
흘러내리는 물처럼
뒤도
돌아보지 않고 흘러간다
그~~ 물살을 타고
나는 지금
어디쯤에서 흘러가고 있나?

골짜기에서 처음 내려올 때
그~~ 순수하고 맑은 물은
사랑과
슬픔과
괴로움과
외로움과
억울함을
모두 스치며 흘러오다 보니

저~~ 만치에

넓은 바다가 보인다

이제부터는

사랑과 따뜻함만을 행하면서

저~~ 평온한 바다 품속으로

흘러가리라

젊음도 지나가는 것을

활짝 핀 꽃잎 위에
이슬 맺혀 있어 더 싱그럽고
젊음에 향내음 그냥 좋은데

하지만 그 젊음도
지속될 수 없음인데
지속될 것처럼
시든 꽃 무심히 바라보는
그대 눈망울은
서늘하기만 한데

이보세요!
젊음은 곧
시들어가는 것을
예시함이라오

그대에게 말하노니!

시든 꽃 속에 씨앗이 있는 것을

알지 못함을

아쉬워할 뿐이라오

서글픈 마음이어라

비둘기 무리로 날아 들어간
까마귀 한 마리는
비둘기들 마주하려 하지만 외면한다

쥐 소리
새 소리 섞여 있어
가릴 길은 없는데
검다 하여
어찌 사랑 없었으랴

무리를 생각하는 마음은
백로보다 희였다네

두루미 한 마리가

두루미 한 마리가
푸른 하늘을 자유로이 난다
두 날개
쭈~~욱 펴고 자유로이
막힘없이 날고 있는
네 모습 바라보고 있노라니

그 자유로움이 부러워
눈을 감고 네 등에 올라
막 날아가려 하는데

바람이 스치는 소리에
눈을 뜨니

강가에 외로이 앉아 있는
저 낯선 여인은
그~~ 누구일까?

높은 산 위에 봉황 님들

해와 달과 바람과 비 눈
자연은 다투지 않고
順理에 어긋나지 않게 흐르고,

잡초들도 아무도
지휘하는 이 없어도
새싹 틔우고
꽃피우고 본분을 다하여
흙으로 스며드는데

눈부신 봉황 님들
높은 산
봉오리에서 더 높이 오르려
큰 날개 펼치고 서로 이기려 한다

산 아래서 쳐다보고 있는
작은 새들은
봉황 날개깃 바람에 날아갈까?

두려운데
부디 큰 바람 멈추시고
작은 새들
마음껏 날 수 있게 하옵소서

큰 소리는 하늘 높이 높이
끝없이 끝없이 올라가는데
계단 없이
높이 올라간 소리는
언제 땅으로 떨어질지 모르기에
民草들 불안하기만 한데

부디 소리 낮추시고
和暖 웃음으로 서로서로 손잡고
아름답고 살기 좋은
우리 大韓民國
더 아름답게 가꾸어 주시길 바라나이다

밝은 하늘처럼

푸르고 밝은 하늘을
머리 들고 바라본다
밝은 태양은 온 세상을 밝게 비추고
푸르고 맑은 하늘은
마음을 정화시킨다

하늘만 쳐다보면 마음이 한가로운데
고개 돌려 땅을 바라보면
왜~~ 이렇게
쿵쾅거릴까
쿵쾅거리는 소리는 계속 메아리쳐
울려 퍼진다

작게는 무리 속이요
크게는 나라일진데

쿵쾅거리는 소리가 뭉쳐진다면
危殆로워질 것이고

穩和한 소리가 울려 퍼진다면

살기 좋은 땅으로 변함인데

穩和함을 만들고

쿵쾅대는 소리를 멈출 사람들은

그~ 누구일까?

靈魂에게

허공을 떠도는 나의 영혼이여
전생에 너는 누구이며
어디서 왔는지?

네가 虛空을 떠돌면
이 마음 붙일 곳 없어라

막연히 떠도는 너를 어떻게 잡아
아니
어떻게 데리고 와야 한단 말이냐
어느 날은
내 곁에 딱 붙어 있다가도,

괜히 마음이 뒤틀리면
밖으로 뛰쳐나가 버리는 너를 어떻게,

너는 靈魂이라 늙지 않아
네 마음대로

휘돌아 칠 수가 있나 본데
이제 나는 힘이 없어
妄動 하는 널
보고 있는 것만으로도
어지럼증이 날 지경인데

인제 그만
내 품에
안겨 쉬면 안 되겠니

友에게

서늘한 가을날 아침에
그대가
주고 간 찻잔을 기울이니
차 향기 속에서
다소곳한 그대 모습 떠올라

창밖을 내다보니
고운 단풍잎은
살랑거리는 바람에
춤을 추고
코스모스 곱게 피어
한들거리는 이 아름다운 계절을
잡지는 못하니
이 계절이
가기 전에 같이 즐기며

차 속에 향처럼
고운 마음 가득 담아

다정히 손잡고 저만치 보이는

저녁노을 쪽을 향해 걸어가 보아요

가을밤 비

가을밤 비에
알록달록 고운 단풍잎
땅에 가득 떨어져 있고
비에 시달린 분홍빛
코스모스도 고개 떨구고 힘겹게 서 있네

가을비에 젖어 있는 들판
쓸쓸하기 그지없어

살며시 숲속 들여다보니
풀잎들이 속삭인다
'슬퍼 말아요
돌아갈 곳으로 가는 것이니'

창가에 참새 두 마리가

스산한
가을날 이른 아침에
참새 두 마리가
창가
나뭇가지에 앉자
서로 무슨 말을 하는지
짹짹
자주 듣던 너희들 소리지만
새벽 싸늘한 공기 속으로
들려오는 소리는,

맑고 힘차게 들리는데
나뭇잎은 바람에 떨어지고
새벽 氣運 서늘하기만 한데
너희들 힘찬 소리에

고개 들어
새벽하늘을 올려다본다

가을비가 지나간 동산

가을비가
지나간 동산에 오르니
빗물이
스치고 지나가면서
푸른 나뭇잎들을
붉게 물들여 놓고

무성한 숲속에서
풀벌레 소리 요란히 들리던
그곳은
귀뚜라미 소리만 쓸쓸히 들리는데

단풍잎 사이로 불어오는
맑고 붉은
갈 바람이
가슴속으로 들어와

답답한 마음 모두
바람 편에 실어 보낸다

가벼워진 내 마음
아름다운 단풍잎 속에 묻혀
고운 빛으로 물들어 본다

서리 내린 가을날 아침에

따뜻한 봄날에
피었을 초롱꽃이
이 서늘한
가을날에

傲霜孤節이라 했던가?
노란 국화만이 피어 있는
바위틈에서
동무들도 없이 홀로
가냘프게 피어난
네 모습 애처로워라

世上 理致가 그러하듯
때를 놓치고 나면

참으로
외롭고 힘든 일인데
네 본분을 다하고자 했더냐?

홀로 피어나
그~~ 보드라운 꽃잎 시릴 텐데

외로움과 시련을 견디며
예쁘게 피어난 네 모습
더욱더 아름답구나

낙엽 위를 걷는 老人

가로수 나뭇잎
수북이 떨어진 쓸쓸한 길을
한 老人이 지팡이를 짚고
힘겹게 걸어간다,

낙엽이 발에 걷어차여도 아무 불평 없이
무관심한 듯
오로지 지팡이에 의지한 채로
힘겹게 걸어간다

아~~ 어쩜
저 가로수 가지 끝에
몇 잎 남지 않은 단풍잎도
바람에 언제 떨어질지 몰라
흔들리고 있듯

노인에 뒷모습도 위태로워 보이는데

저 아름다운 단풍잎도
땅으로 스며들어 흙으로 변하듯
힘겹게 걷는 노인도
흙으로 돌아감을 예시함인데

뜰 벚나무가 가을임을 알린다

벚나무야
벌써 가을이 온 것이더냐
푸르기만 했던 나뭇잎들이
한 잎 두 잎
노란 옷으로 갈아입기 시작했구나

이른 봄날에
분홍빛으로 곱게 피어
벌들에 사랑 많이 받아
여름날
그 사랑에 힘으로 푸르게 푸르게 잘 자라더니
벌써 가을이 와
떠날 준비를 하는 것이더냐

네가 떠날 준비를 하는 것은

내가 석양 쪽으로 가는 길이
더 빨라지는 것이기에

매우 쓸쓸하고 섭섭한 마음 금할 길 없지만,

그래도

난

네가

내년 봄 분홍빛 옷으로 갈아입고

고운 모습으로 나타날

그날을 기다리겠노라

고향에 첫눈이 내리면

산과 들에 고운 단풍잎 모두 떨어지고
앙상한
나뭇가지와 가랑잎만 뒹굴고,

세찬 바람이 불어
개울가에 물 내려가는 소리도
또륵 또륵 차가운 소리 내며 흘러가는

골짜기 마을은 시리고 서늘하기만
할 때쯤

하늘에서 첫눈이 내리면
스산했던 골짜기는
흰빛으로 물들며 활기에 찬다

검둥이도 좋다고
이리 뛰고 저리 뛰고
마을 아이들 웃음소리가

골짜기로 메아리쳐 울려 퍼진다

가시덤불 속에 모여 앉아 있는
참새 떼들도 눈 내림을
보고 있는걸까
깃털을 동그랗게 부풀리고 앉자
눈을 반짝이며 바라본다

어린 마음에 배가 고팠던 탓일까
이~~ 눈이 백설기 떡이라면 얼마나 좋을까?
밀가루였다면 얼마나 좋았을까를 생각하며

한 움큼
쥐어 입안에 넣으면
그~~ 맛이
시원하고
맛있어
눈 속에 누워 하늘을 보면서

얼마나 마음이 행복했는지

오라버니는
나무를
뚝뚝 잘라 썰매를 만들어
언덕 위에 올라가
썰매를 타고 내려가며
길을 뚫어 놓으면

어린 꼬맹이들 달려들어
밟고 또 밟아
미끄럼틀을 만들어 놓고

허리를 잡고 줄줄이 앉자
언덕길을 내 달리던
그 아련한 추억들이

첫눈 속에 섞여 내린다

아~~~

지금 나는

머리는 백설을 닮아 있고

다시는 돌아갈 수 없음에

아리고 아름답고 슬픔이 뒤섞여 있는 마음에

첫눈 내리는

들판을 한없이 바라본다

흔들리는 마음을

바른길로 가려는 마음을
나쁜 기억들이
한 번씩
바람을 일으키며 쫓아온다
그 바른길로 가지 말라며
흙먼지를 날리며 휘몰아친다

그럼 어쩔 수 없이
바람에 휘둘려 휘청거리며
바른길을 벗어나고 있다

그러나
다행스러운 것은
벗어남을 알아간다는 것이다

이 苦惱의
길은 곧 끝이 나리라

이제는 行할 時間도 없음이요
恨歎을 하고 있을 시간도 없다

그럼에 이젠 그만 흔들리고
곧고 넓은 黃昏의 길을
아름답게 걸어가 보리라

검은 구름 속에서 한 줄기 빛이

검은 구름만 가득 차 있던
어느 날
검은 구름 속에서
한 줄기 빛이 보인다

처음 그 빛은
머물지를 못하고
검은 구름 속으로
들어갔다 나왔다를
반복하며
나의 마음을 움직이기 시작했다,

그러나 그 빛은
쉽게 잡을 수는 없었다
빛을 잡으려면 어떻게 해야 하나를 생각하며
걷고 또 걸었다

그러던

어느 날

그~

따뜻한 빛은

나의 어깨에 내려앉았다

따뜻하고 포근한 햇살을 마주본다

햇살은 부드럽게 말한다

"항상 당신 곁에서 머물고 있었지만

당신이 바라보지 않았다고"

그~~ 따뜻하고 포근함에

검은빛은

희미해져 갔다

이제부터는 밝게 비춰 주는

당신 손을 놓지 않으리

지난 검은색들의 기억은
분명 나쁜 것이었지만
어둠 속에서의 빛은 더 밝음이요

그리고 삶에서
밤과 낮이 꼭 필요하듯
어둠과 밝음을 조화롭게 하여
희망찬 빛으로 물들여 보리라

幸福과 不幸은

행복이란 향긋한 꽃내음과 같고
불행이란 진흙탕 길과 같은데

꽃내음도 잠시 머무는 것이요
진흙탕 길도 끝이 있음인데,

해와 달 바람 비
자연이 어우러져 돌아가듯
우리 인생도 그러한 것이 아니겠는가

하여
너무 좋다 하지 말고
너무 슬프다고 하지 말며

꽃이 피었다
지는 거와 같이
바람 타고 흐르는 물가같이
同行하면 되는 것을

나쁜 기억들

잡을 수도 볼 수도 없는
지나간 일들이
기억 속에서 자리 잡고 있다가

어느 날
갑자기
한 번씩 밖으로 뛰쳐나와
한바탕 요동을 치고 사라진다
보고 잡을 수만 있다면
꽉 붙잡아

저~
흐르는 냇가에 띄워
바닷속
깊은 곳으로 흘러가 버리게 하고 싶은데
그러지 못함에

한바탕
요동을 치고 돌아가고 나면
또 서성인다
왜 그랬을까?
이 못된 기억을 잡을 수는 없는 걸까

괴롭고 외롭고 씁쓸한 마음에
멍하니 푸른 하늘을 바라보며
아파하는
내 마음을 위로하며
추슬러 본다

마지막 나뭇잎

초겨울 바람 싸늘한데
벚나무 가지 끝에 매달려 있는
마른 잎 하나

동무들 모두 돌아갔는데
그~ 무엇이
아쉽고 미련이 남아
홀로
위태롭게 흔들리고 있느냐?

떨어지고 싶은데
나뭇가지가 놓아 주지를 않더냐?

부여잡고
있는다 하여 되는 것이 아닌데
내려놓음과
갈 때를 알아야 하거늘

어쩜
삶도 그러한 때가 있어
是是 非非가 그침이 없음인데,

이 또한
억지로 안 됨은
自然의 理致와
世上 살아가는 것이 그러한 것이려나

겨울이 오는 소리

찬바람은
가을 끝자락을 잡고
떠나가려 하네

높은 나뭇가지 위에
몇 잎 남지 않은

단풍잎마저
마구 흔들어 떨어트리며
가을을 거두어 간다,

고운 옷 다 벗고 있는 나무들
외롭고 쓸쓸해 보이는데,

그렇지만 아주
떠난 것이 아니기에

외롭고 공허한 마음을 잠시
내려놓아 본다

아름다운 별들

안개 속에서
빛을 따라 걸어 나오니
큰 별 고은 별 작은 별이
어서 오라 손짓한다

이 몸은 바람 타고
구름 위에 올라

푸른 초원을 내려다보는 듯
행복한 마음이어라

고맙고
사랑스러운 별들을
많이 사랑하노라

아름다운 갈잎

갈잎이 우수수 떨어져
뒹구는 것을 바라보니 쓸쓸한 마음
금할 길이 없어라,

애잔하여 쓸쓸히 바라보는 것은
아마도 내 마음이리라,

저 갈잎은 봄부터 심한 몸살을 앓고
새싹을 틔우고
비바람과 뜨거운 햇살을 견디며

모든 힘듦을 이겨 내고
쉬므로 돌아감인데

어찌
슬프다고 하겠는가

갈잎은 슬프지 않다고
미소 지으며 소리치지만
듣는 이 아무도 없다,

갈잎을 바라보는
모든 이들은 그저 슬프다고만,

그럼에도 불구하고
갈잎은 말없이 본분을 다한다

이와같이
서로에 다름을
그저 그냥 바라보면서

바람에 떨어져 뒹굴며 자리를 내어주는
아름다운 갈잎처럼
황혼의 길을 걸어가고 싶어라

바람 잡고 춤을 추다

파도를 타고 불어온
바람에 손을 잡고 춤을 춘다

넓은 바다는
나를 바라보며 微笑 짓고
파도도 좋다고
박수 치며 즐거워한다

푸른 하늘도 밝게 내려다보고
해는 오직 나를 위해
눈부신 조명을 비춘다

바람과 어우러져 춤을 추며
가슴속에 뭉쳐 있던
한~ 맺힌
사연을 풀어
드넓은 바다로 던진다

몸과 마음은 虛空을 날아

無에 머문다

어린 소녀가 보고 싶은 날에

쌀쌀한 이른 봄날
꽃따지 노랗게 핀
양지쪽 밭
언덕에서 새초롬히 앉자 꽃따지
부지런히 따던 너,

여름날 냇가에서 물장구치며 놀 때
어디서 날아왔는지
호랑나비
한 무리 앉아 있고

개구리 눈 껌벅이며 어린 소녀 쳐다보다
눈
마주치면
펄쩍 뛰어 물속으로 퐁당

흙 마당 위에선 고추잠자리 맴돌고

오라버니
키다리 꽃 따서 제기차기하고

어린 동생들은
땅바닥 기어 다니며 흙 주워 먹고

이쁜 언니는 마당 귀퉁이에 서서
동생들 바라보며 마냥 웃던 모습

老衰하여 뒤돌아보니
보석 같았던 시절이었는데

너무 멀리 와서 뒤돌아보니

그리움은
아쉬움으로 변하여
멍하니 고향 쪽을 바라보며 서성거린다

작은 별에게

평탄한 길을 갈 수 있음에도
굳이 험한 산길을 선택하여
힘겹게 산 정상에 올라
손을 펼쳐 흰 구름 잡을 듯했으나

하늘에서
서서히
먹구름이 밀려 내려온 구름은
곧 멈출 줄 알았지만
긴 터널로 이어졌다

보이지 않는 터널 속에서도
멈추지 않고
열심히 걸어가는 너를 바라보는 심정은
애처로운 마음 금할 수 없었는데

하지만
노력한 결실은 열매가 될 것이라는

믿음만은 변함이 없었다

그러던
어느 날부턴가
천일이 넘게 걷던 터널 끝이 보이면서

넓고 곧은 활주로를 달린다

끊임없이
노력하면서
모든
힘든 일을 이겨 낸
작은 별아 너는 분명
멋지고 듬직한 모습으로 우뚝 서리라

아름다운 음악 선율에 기대어

음악 선율에 기대어

잔잔한 호수를 바라본다
잡을 수 없는
하얀 물안개
홀연히 사라지니

햇살에 부딪친 물결
별빛처럼 빛나고

희고 흰 백로 어디서 날아왔나
물가에 기대어
한가로이 서 있는데,

살랑거리는 바람결에
갈대 이삭이 춤을 추니

호수 안에 비춘 산 봉우리도
덩달아 같이 춤을 춘다

아~~
아름답고 황홀한 마음이어라
내
그대들을 모두 사랑하노라

바람 잡고 춤을 추다

초판 1쇄 발행 2023년 3월 13일

지은이 김소정
펴낸이 이기봉
편집 좋은땅 편집팀
펴낸곳 도서출판 좋은땅
주소 서울특별시 마포구 양화로12길 26 지월드빌딩 (서교동 395-7)
전화 02)374-8616~7
팩스 02)374-8614
이메일 gworldbook@naver.com
홈페이지 www.g-world.co.kr

ISBN 979-11-388-1696-0 (03810)

- 가격은 뒤표지에 있습니다.

- 파본은 구입하신 서점에서 교환해 드립니다.